LE PRINTEMS,

DIVERTISSEMENT PASTORAL

En un Acte & en Vaudevilles,

Par MM. DE PIIS & BARRÉ;

Représenté pour la premiere fois, à Marly, devant LEURS MAJESTÉS, *le Samedi 19 Mai 1781; & à Paris, le Mardi 22 du même mois, par les Comédiens Italiens Ordinaires du Roi.*

A PARIS,

Chez VENTE, Libraire des Menus Plaisirs du Roi, rue des Anglois, près celle des Noyers.

※══════════════════════※

M. DCC. LXXXI.

Avec Approbation & Permission.

PERSONNAGES,	ACTEURS,
Le Pere LA PIPE, Soldat Invalide & Oncle de Suzette & de Lisette,	M. Rosiere.
ALAIN,	M. Michu.
LUCAS,	M. Philippe.
Le Pere SERPETTE, Jardinier ;	M. Narbonne.
LISETTE,	Mme Dugazon.
SUZETTE,	Mlle Lescot.

PAYSANS & PAYSANNES,

NICAISE,	M. Thomassin.
LUBIN,	M. Valeroy.
COLAS,	M. Coraly.
BLAISE,	M. Dufrénoy.
COLIN,	M. Devouge.
COLETTE,	Mlle Adeline.
FANCHETTE,	Mlle Dufayel.
FINETTE,	Mlle Desbrosses.
BABET,	Mlle Carline.
CATAU,	Mme Julien.

Le Théâtre représente sur la droite, l'extrémité d'un bois ; sur la gauche, le jardin du Pere Serpette, environné d'une haie, & dans le fond, un apperçu de plaines.

LE PRINTEMS,

DIVERTISSEMENT PASTORAL.

SCENE PREMIERE.

TOUTES LES FILLES DU VILLAGE

occupées à cueillir des violettes & à s'en faire des bouquets.

COLETTE.

AIR : *J'ai perdu mon âne.*

Ici sur l'herbette
Queu douceur secrette
D'attendre à-la-fois nos Amans,
D'foulai la rosé' du Printems,
Et d'cueillir la violette !　　　*bis.*

FANCHETTE.

L'Dieu d'Amour qui guette
Chaque Bergerette,
Pour la consolai des frimats,

A ij

Fait naître avant tout fous fes pas
La modefte violette.   *bis.*

FINETTE.

Mais c'eft pur' fornette
Qu'eun' grand' Dame projette
De prendre fa part du Printems;
Quand all' fe leve, i. n'eft plus tems
D'ramaffai la violette.   *bis.*

CATAU.

Si cette fleurette
Aime la retraite,
Son odeur la trahit l'matin,
Et c'eft alors qu'on eft certain
De furprend' la violette.   *bis.*

BABET.

Queuqu'fois not' coll'rette
L'i offre eun' autr' cachette;
Mais v'là t'i pas qu'nos Amoureux
De nouviau jufque dans ces lieux
Déterront la violette !   *bis.*

COLETTE.

Air : *Au mois de Mai tout rajeunit,* (de M. Laujon.)
Quand la faifon
Sur le gazon
Raffemble ici les Fillettes,
Life & Suzon
A la maifon
D'vroient-ell' reftai feulettes ?

FANCHETTE.

Life a chaffé de la bonn' forte
Alain cheux elle renfermé.

BABET.

Suzon a renverſé le mai
Qu'Lucas avoit mis d'vant ſa porte.

TOUTES ENSEMBLE.

Eſt-c' donc pour être mal traité
Qu'un Amant cheux nous ſe cache ?
Quand l'mai par l'plaiſir eſt planté,
Eſt-ce donc pour qu'on l'arrache ?

FANCHETTE.

Le penchant que l'Printems inſpire,
Ne peut rien ſur l'cœur de Liſon.

BABET.

Suzon s'imagin' qu'la raiſon
Eſt faite pour le contredire.

ENSEMBLE.

Oh ! Dieu d'Amour, de la ſaiſon
Double tellement les charmes,
Qu'aujourd'hui Liſon & Suzon
Ne bravent plus tes armes.

SCENE II.

Les Précédentes, **LES PAYSANS.**

COLIN.

AIR : *D'une bourée Saintongeoiſe.*

EXPRÈS pour vous j'ons pris c'te fauvette,
Et j'vons la dépoſer à vos genoux.
Il eſt bian vrai qu'all' eſt encor' muette,
Mais dans un mois ſon ramag' s'ra doux,
A iij

Et fi pourtant, ma chere Colette,
Jamais, jamais all' n'chant'ra comm' vous.

LUBIN.

Quant à c'qu'eft d'nous, gentille Bergere,
J'vous apportons un nid de pinçons.
A contempler leur petite guerre
A queuqu' matin j'nous divartirons,
Mais j'compte aufli qu'après ça, ma chere,
Leux coups de bec s'ront pour nous des l'çons.

COLAS.

Ventregué, qu'mon bonheur eft extrême !
J'ons trouvé pour toi la pie au nid;
Mais j'prétendons qu' tu l'i apprennes l'thême
Qui ce matin m'eft v'nu dans l'efprit.
J'veux qu'avec nous all' répete, j'vous aime.
Pour tous les trois c'langage-là fuffit.

BLAISE.

Tiens, ma Babet, j't'offr' un nid d'tourterelle,
Que j'te prions d'foigneufement garder,
Afin qu'un jour fi ton cœur chancelle,
En les voyant, tu' puifs' t'amender;
Mais quant à moi, pour t'refter fidele,
J'n'aurons befoin que de t'r'garder.

NICAISE.

Pour moi, j'avons joué de maladreffe,
Car j'ons couru tout l'bois comme un fou,
Et j'n'ons pourtant, ma chere Maitreffe,
Rien rencontré que c'nid de coucou.
Si j'vous l'baillons, c'eft fous la promeffe
Que l'jour de nos nôc' vous l'y tordrez l'cou.

SCENE III.

Les Précédens, le Pere SERPETTE.

SERPETTE.

Air : *Zon, zon, zon, Lisette, ma Lisette.*

Pour fleurir ce canton,
Jamais je ne repose;
Je suis un bon luron
Qui nuit & jour arrose,
    Dans c'te saison,
Le bouton & la rose,
    Dans c'te saison,
La rose & le bouton.

Qu' chaqu' Berger, sans façon,
A m'en ach'ter s'dispose;
Rien n'séduit un tendron
Comm' quand on lui propose,
    Dans c'te saison,
Le bouton & la rose,
    Dans c'te saison,
La rose & le bouton.

Si queuqu' malin garçon
En prend gratis eun' dose,
J'l'avertis qu' dans l'buisson
J'ons eun' gaule & pour cause,
    Et zon, zon, zon,
L'épin' suivra la rose,
    Et zon, zon, zon,
L'épin' suivra le bouton.

A iv

Mais fi queuque tendron
A m'en voler s'expofe,
Je n'dis pas la rançon
Qu'en ces cas-là j'impofe.
    All' m'f'ra raifon
Du bouton & d'la rofe,
    All' m'f'ra raifon
D'la rofe & du bouton.

COLIN.

A i r : *Fanfare de Saint-Cloud.*

Approchez, pere Serpette,
Chacun d'nous eft empreffé ;
Pour peu qu'on vous en achette,
Vous s'rez vît' débarraffé.
Par un baifer d'fa Brunette,
Quand on eft récompenfé,
Si chere que foit l'emplette,
Ça fait d'l'argent bien placé.

TOUS EN CHŒUR, *en offrant des rofes & demandant un baifer.*

Par un baifer d'fa Brunette, &c.

TOUTES LES FILLES.

A i r : *Laiffez paître vos bêtes.*

Je n'voulons pas d'l'échange
Qu'vous nous propofez galamment.
Si l'Amour s'en arrange,
La vartu le défend.

LES PAYSANS.

V'là qu'eft plaifant !
Conv'nez pourtant
Qu'c'eft un préfent, pour un préfent
Qu'on attend d'vous en ce moment.

LES PAYSANNES.

Je n'voulons pas d'l'échange, &c.

LES PAYSANS.

Par la morgué
Faut êtr' plus gai,
Faut nous aimai
Dans l'mois de Mai,
  (*Les Paysans les embraffent.*)
Sans s'formalifer
 D'un baifer.

LES PAYSANNES, *tenant le nid d'une main*
      & la rofe de l'autre.

Vain'ment l'honneur en glofe,
J'avons bien fait de fuccomber.
J'aurions fané la rofe,
Et l'nid pouvoit tomber.

SCENE IV.

Les Précédens, ALAIN, LUCAS,
le Pere LA PIPE.

LA PIPE.

Air : *R'li & r'lan !*

PARBLEU vous êtes
Près des fillettes,
De drol' d'amans,
Pour des jeunes gens ;
Si mes deux Nieces
Sont des tigreffes,
C'eft qu'vous êtes, vous,

Auffi trop doux.
Je ne fuis plus qu'un Invalide ;
Mais dans le tems
De mon Printems,
R'li r'lan,
Je vous m'nois ça, loin d'êtr' timide,
Et r'lan, tan, plan,
Tambour battant.

ALAIN.

Air : *Hélene m'interdit par fa rigueur,* (de la premiere Rofiere.)

Lifette
N'a pour moi que des rigueurs.

LUCAS.

Suzette
Rit de mes tendres ardeurs.

ALAIN.

Pour prix de mes pleurs,
All' me m'nace de fa houlette.

LUCAS.

Si j'l'i offre des fleurs,
La barbare au même inftant les jette.

ENSEMBLE.

Lifette
N'a pour moi que des rigueurs.
Suzette
Rit de mes tendres ardeurs.

SERPETTE.

Lorfque tout rit, lorfque tout chante,
Que n'venais-vous, quand i fait beau,
Pour fléchir leur ame arrogante,
Les fair' danfer deffous l'ormeau ?

Au fon d'une mufette,
On voit fill' s'décéler ;
Car la danfe fut faite
A cell' fin d'les troubler.
C'eft en fautant fous la coudrette,
Qu'un amant qui fait enjôler,
De la beauté la plus difcrette,
Contraint la main à lui parler.

ALAIN & LUCAS.

Lifette, &c,
Suzette, &c,

SERPETTE.

AIR : *Félicité paſſée*, (d'Albaneze.)

Vot' chagrin nous chagreine,
Mais faut agir tout d'bon,
Et n'plus conter vot' peine
Aux échos du canton.

LA PIPE.

Faut avec plus d'courage,
Droit à l'enn'mi courir.

SERPETTE.

A la fleur de votre âge,
D'vez-vous ainfi fur pied vous laiffer dépérir?

LA PIPE, *prenant Alain à part.*

AIR : *Quand j'étois Moufquetaire.*

Apprenez qu'une Belle
Eft comme une citadelle ;
Qu'Amour tourne autour d'elle,
L'honneur la défend long-tems,
Si ce Dieu perd du tems :
Mais fi fa rufe eft telle,
Qu'à l'infu du fentinelle,

Il place fon échelle,
Au même inftant
' On s'rend.

SERPETTE, *tirant Lucas de l'autre côte
de la fcene.*

Aɪʀ : *Du Vaudeville du Roi & le Fermier.*

Des fillettes les plus rébelles,
Ce mois abrege les rigueurs.
L'Printems qu'eft la faifon des fleurs,
Eft auffi la faifon des Belles.
Telle en hiver n'accorde rien,
Qui dans l'Printems nous traite bien.

LA PIPE.

Aɪʀ : *Quand j'étois Moufquetaire.*

Une vertu fauvage
Eft encor d'même qu'un rivage,
Vers lequel à la nage,
L'Amour le plus r'tord,
A tort
D'vouloir aller d'abord.
Il attend, s'il eft fage,
Que les flots, comm' c'eft l'ufage,
Dans l'chaud baiff' davantage,
Et traverfe à pié
L'gué.

SERPETTE.

Aɪʀ : *Du Vaudeville du Roi & le Fermier.*

L'Jardinier fait fa cour à Flore,
D'grand matin dans le mois de Mai ;
Et l'Berger doit pour être aimé,
Guetter fa Belle avant l'aurore.
Telle en hiver, &c.

LA PIPE.

AIR : *Quand j'étois Mousquetaire.*

Observez bien la mine
Du tendron qui vous domine ,
Vous verrez qu'Amour mine ,
En mêm' tems qu'la pudeur ,
    Son cœur ,
Pour vous en rend' vainqueur ;
L'Amour à la sourdine ,
Contre la pudeur chemine ,
    La d'vine ,
    L'assassine ,
Et l'cœur sous peu ,
    Prend feu.

SERPETTE.

AIR : *Du Vaudeville du Roi & le Fermier.*

Quelquefois le Jardinier serre
Ses fleurs à l'abri des grands chauds ;
L'Amant doit conduire à propos
Sa Belle à l'ombre du mystere.
Telle en hiver , &c.

ALAIN, *appercevant Lisette & Suzette.*

AIR : *Du Vaudeville de Rose & Colas.*

J'les vois qui rodont d'ce côté-là.
Acquiescais à ma fantaisie ;
C'est d'sauter tous tant que nous voilà ;
J'leur baill'rons p'têtr' un peu d'jalousie.
D'nous voir au milieu d'tant d'appas ,
Si la rougeur au front leur monte ,
En revenant sur nôtre compte ,
All'nous f'ront r'venir sur nos pas.

LA PIPE.

Oui, l'Amour par ce tour imprévu,
Pourroit bien vous tirer de doute.
Son projet n'eſt, ma foi, pas mal vu,
Pour l'projet d'un Dieu qui n'y voit goute.
Serpette, avec moi dans l'inſtant,
J'allons vous chanter une ronde,
Dont l'ſujet eſt connu d'tout l'monde,
Et qu'j'ons porté du Régiment.

*(Tous les Payſans & toutes les Payſannes danſent
pendant que cette ronde eſt chantée alternativement
par la Pipe & Serpette.)*

AIR : *Que j'aime mon cher Arlequin !*

Acoutez pour vous divertir,
   L'hiſtoire entiere
D'une fable faite à plaiſir,
A cell' fin de vous avertir,
   De quelle maniere
   L'amant le plus ſincere
Plant' ſouvent là pour raverdir,
   Fillette trop ſévere.

SERPETTE.

Daphné, quoique belle à ravir,
   Etoit ſi fiere,
Que les Bergers ſans l'attendrir,
Rendoient tous le dernier ſoupir;
   Et que ſans lui plàire,
   Le plus fin militaire
La plantoit là pour raverdir,
   Tant elle étoit ſévere.

LA PIPE.

Apollon fit pour la fléchir
   Mainte priere.

Après elle, il s'mit à courir,
Mais il n'en put rien obtenir :
   Daphné plus légere,
   A travers la fougere,
Le planta là pour raverdir,
Comme un homme ordinaire.

SERPETTE.

Daphné s'étant laffée à fuir,
   Tomba par terre.
Les Dieux qui n'y pouvoient plus t'nir,
Convinrent qu'il falloit punir
   C'te jeune Bergere,
   Qui, par trop téméraire,
Avoit planté pour raverdir,
   Apollon leur confrere.

LA PIPE.

Daphné vit l'écorce couvrir
   Sa tête altiere,
Et fes bras faits pour le plaifir,
En beau laurier fe convertir.
   Le Dieu fans colere,
   N'y fachant que faire,
Vous planta là pour raverdir,
   C'te fille trop févere.

LUCAS.

A**ir** : *Lifon dormoit fur la verte fougere.*

   Ça, détalons :
  Les voilà par derriere
   Sur nos talons.
(*à Alain.*)
  Nous, s'il eft néceffaire,
  J'tourn'rons par les vallons.
Allons, allons, allons dans là bruyere, allons.

SCENE V.

SUZETTE, LISETTE.

SUZETTE.

Air : *Je me suis levé par un matinet.*

Vois-tu comme Alain,
D'un sourire malin,
Agace en chemin
La fille à Mathurin ?
Heureusement que tu ne l'aimes brin,
Car ça t'rendroit chagreine.

LISETTE.

Ne vois-tu donc pas,
Ma sœur, comme Lucas
Obsede les pas
De la fille à Thomas ?
Heureusement que tu ne l'aimes pas,
Car ça t'f'roit bien d'la peine.

SUZETTE.

Examine bien
Ce nid qu'Alison tient ;
J'pari' qu'ça l'i vient
Du généreux Alain ;
Heureusement que tu ne l'aimes brin,
Car ça t'rendroit chagreine.

LISETTE.

C'te ros' plein' d'appas
Pour la fille à Thomas,

J'gagerois

J'gagerois, hélas !
Qu'all' lui viant de Lucas.
Heureufement que tu ne l'aimes pas,
Car ça t'f'roit bien d'la peine.

SUZETTE.

Or, il eft certain
Qu'la fille à Mathurin
A dû ce matin,
Récompenfer Alain.
Heureufement que tu ne l'aimes brin,
Car ça t'rendroit chagreine.

LISETTE.

Mais tu conviendras
Que la fille à Thomas
A dû dans ce cas
Payer auffi Lucas.
Heureufement que tu ne l'aimes pas,
Car ça t'f'roit bien d'la peine.

SUZETTE.

Air : *Life, entends-tu l'orage ?*

Life, as-tu du courage ?

LISETTE.

Ma fœur, tout comme toi.　　　*bis.*

SUZETTE.

D'un fexe auffi volage,
Recevrois-tu la loi ?

LISETTE.

Ma fœur, pas plus que toi.　　　*bis.*

SUZETTE.

Renonce au mariage.

B

LE PRINTEMS,

LISETTE.

J'y renonce avec toi.

SUZETTE.

Promets d'être fauvage.

LISETTE.

Oui, ma fœur, je m'engage
A l'être autant que toi.   *bis.*

SUZETTE.

Même air.

Du côté du bocage
Qui n'infpir' que l'effroi,

LISETTE.

Oui, ma fœur, que l'effroi,

SUZETTE.

Je n'tourn'rai plus l'vifage,
Déjà j'm'en fais un' loi.   *bis.*

LISETTE.

J'me la fais comme toi.   *bis.*

SUZETTE.

Pour regagner l'Village,
Allons, pafs' devant moi.

LISETTE.

J't'y prends, ma fœur, courage ;
Eft-ce donc comm' ça qu't'es fage?

SUZETTE.

J'n'ai r'gardé qu'après toi.   *bis.*

LISETTE.

Air : *L'autre jour à la promenade.*
Tiens, ma fœur, veux-tu que j'te dife ?

D'peur que d'vers nous i ne revienn' un jour,
Imaginons queuque feintife,
Pour leur fair' croir' que d'autr' nous font la cour.
C'n'eft pas l'Amour,
(Crois que j'te parle avec franchife)
Qui m'porte à leur jouer ce tour.

SUZETTE.

J'applaudis à ton entreprife,
Et j'voudrois mêm' qu'avant la fin du jour
Ils remarquafs', avec furprife,
Queuqu'ornement de plus dans notr' atour,
C'n'eft pas l'Amour,
(Crois que j'te parle avec franchife
Qui m'porte à leur jouer ce tour.

LISETTE.

AIR : *Des fleurettes.*

Dans c'tems-ci c'eft l'ufage,
Qu'à l'objet qui leur plaît,
Les Galuns font hommage
D'oifeaux & de bouquets.
Pour être comm' ces fillettes
Qu'Amour de cadeaux fournit,
Je grille d'avoir un nid.

SUZETTE.

Moi, des fleurettes.

LISETTE.

J'crois que dans l'voifinage
I doit en abonder ;
Mais qui d'nous, dans l'Village,
Voudroit en demander ?
Car, en fait d'pareille emplette,

Pour peu qu'eun' fill' ait d'appas
Suzette, l'on n'li vend pas,
Mais all' l'achette.

SUZETTE.

Aɪʀ: *Annette à l'âge de quinze ans.*

Aussi près de ce beau rosier
Que j'vois dans l'clos du Jardinier,
Ce s'roit bien l'cas de succomber;
  Mais n'fût-ce qu'une rose,
    Ma sœur, je n'ose
    Rien dérober.

LISETTE.

Aɪʀ: *C'est un propos, c'est un regard,* (du Tonnelier.)

J'apperçois un nid de moineaux
Dans l'plus prochain de ces ormeaux;
Mais ces arbres-là sont si hauts,
    Que j'dois tout craindre,
    Si j'veux atteindre
    A ces rameaux.

Aɪʀ: *Mes enfans, après la pluie,* (de Bastien
    & Bastienne.)

L'occasion s'trouve si belle,
Qu'il n'faut balancer sur rien:
Pour peu que ton cœur chancelle,
Qu'il prenne exemple du mien.
    Vien, vien
   Chez le voisin
  Avec moi prendre une échelle.
    Vien, vien
   Chez le voisin,
Pour que tout se tourne à bien.

SCENE VI.

ALAIN & LUCAS.

ALAIN.

Même air.

Ainsi donc ces Demoiselles,
Conſervant leur froid maintien,
Ont bouté dans leurs cervelles
De compter l'Amour pour rien.
Vien, vien.

LUCAS.

J't'entendons bien :
J'n'aurons pas beſoin d'échelles.

ALAIN.

Vien, vien.

LUCAS.

J't'entendons bien :
Jou' ton rôle & moi le mien.

ALAIN.

J'ſurprendrons ces deux cruelles
Au milieu d'leur entretien.
La frayeur s'gliſs'ra cheux elles :
Leur foibleſs' s'ra notr' ſoutien.
Vien, vien.

LUCAS.

J't'entendons bien.

ALAIN.

J'n'aurons pas befoin d'échelles.
Vien , vien.

LUCAS.

J't'entendons bien :
Jou' ton rôle & moi le mien.

ALAIN.

AIR : *Life voyoit deux pigeons s'careffer.*

Allons , morgoi , montons fans balancer :
Voilà le nid , craignons de l'renverfer.
Y a tant feul'ment un point qui m'embarrafle,
Eclaircis-moi d'vant que de me laifler.
Hors du branchage où qu'mon bras s'entrelace ,
De mon habit ne voit-on rien qui pafle ?

LUCAS.

Un peu plus haut, Alain , faut te placer.

Je les entends par ici s'avancer.
De mon côté, fongeons à nous prefler :
Tout au travers de c't'épais buiflon d'rofe ,
En tapinois je m'en vais me glifler.
Maint'nant, Alain , avertis-moi, pour caufe ,
Ne peut-on pas diftinguer quelque chofe ?

ALAIN.

Un peu plus bas, Lucas, faut t'enfoncer.

SCENE VII.

LUCAS, *dans le buisson*, ALAIN, *dans l'arbre ;* SUZETTE & LISETTE, *apportant une échelle.*

LISETTE.

Air : *Faut avoir le bras bon.*

Faut avoir le bras bon,
Et s'armer de courage.

SUZETTE.

Le trajet n'est pas long,
Et si, j'sommes tout en nage.

LISETTE.

Et quittez, quittez donc,
J'n'ons plus peur, car je gage
Que sur l'second
Ech'lon,
J'aurai l'bras assez long.

SUZETTE.

Air : *Bergere légere.*

L'échelle
Tient-elle ?
Faisons pas à pas
Notr' ronde.
Pour que l'monde
Ne nous surprenn' pas.
Avance
En silence.

B iv

LISETTE.

Avance
En silence,
Et r'gard' bien là-bas :
Si j'sommes
Loin des hommes,
Ne balançons pas ;
Non, non, ne balançons pas.

SUZETTE.

Ecoute . . . .
Je doute. . . .
Qu'ils soient tous partis.

LISETTE.

Je n'soupçonne
Personne
Dans l'fond d'ces plantis.

SUZETTE.

Avance
En silence.

LISETTE.

Avance
En silence,
Et r'gard' bien là-bas.
Oui, j'sommes
Loin des hommes,
Ne balançons pas ;
Non, non, ne balançons pas.

SUZETTE.

Ce tremble
Qui tremble

'Au moindre zéphir,
Redouble
Le trouble
Qui vient me r'tenir.
Mais c'te rofe
Eclofe
Peut bientôt s'flétrir.

LISETTE.

Et s'ils tomb' d'la branche,
Qui fous leur nid penche,
Ces p'tits peuv' mourir.

ENSEMBLE.

Avance
En filence. . . .   *bis.*
Et r'gard' bien là-bas. . . .
Oui, j'fommes
Loin des hommes,
Ne balançons pas ;
Non, non, ne balançons pas.

(*Alain préfente le nid à Lifette, & Lucas, la rofé à Suzette, de maniere qu'elles n'apperçoivent que les mains de leurs Amoureux.*)

AIR : *De la Contredanfe des Drapeaux.*

Ah, ma Sœur !
Quelle frayeur !
J'guettois { la ros' / le nid } fous l'feuillage,
Quand un' main
A fait foudain
Pour m' l'offrir moitié du ch'min.

ALAIN, sortant sa tête du feuillage.

Reconnoissez-vous Alain
Fidele à vous rendre hommage ?

LUCAS, sortant sa tête du rosier.

Lucas qui n'est pas volage,
D'son côté f'soit le malin.
Reconnoissez-vous son langage ?

SUZETTE & LISETTE.

Ah ! ma Sœur !
A la frayeur
Succede un autr' batt'ment d'cœur....

ALAIN & LUCAS.

D'nous maugré votre dédain,
J'ons su par ce badinage,
Vous contraindre à prendre un gage,
Mais êt' vous dans le dessein
De vous montrer encor sauvage ?

SUZETTE & LISETTE.

Ah ! ma Sœur !
A la frayeur
Succede un autr' batt'ment d'cœur.

ALAIN & LUCAS.

Quoi qu' vous contez donc tout bas ?

SUZETTE.

Alain, ma Sœur dit qu'elle aime.

LISETTE.

Lucas, ma Sœur dit de même.

ALAIN & LUCAS.

O moment rempli d'appas !
Mais pour fceller c't'aveu fuprême,
Sans façon prenez mon bras,
Et r'joignons tout l'mond' là-bas.

SCENE VIII ET DERNIERE.

Les Précédens, PAYSANS & PAYSANNES.

LE CHŒUR.

Air : *On dit que l'Amour me guette.*

Vous voyez comme on vous guette;
Enfin à votre tour
Vous voilà, Life & Suzette,
Dans les filets d'l'Amour.

LA PIPE.

Avec eux dans ce féjour
J'm'entendois pour vous jouer c'tour.

LE CHŒUR.

Ainfi donc, pauvre { Suzette, Lifette,
La Nature & l'Amour
Avoient juré ta défaite.
C'étoit trop en un jour.

SERPETTE.

J'vous promettons à not' tour
Des bouquets pour ce grand jour.

LE CHŒUR.
Ça, qu'au son de la musette
On chante ici l'Amour;
Son sceptre est une houlette,
Quand l'Village est sa Cour.

VAUDEVILLE,

SERPETTE.

AIR : *Amusez - vous, jeunes Fillettes,* (de la premiere Rosiere.)

Filles qu'Amour met en colere,
Et qui suivez avec ardeur
Plutôt les défens' d'une mere,
Qu'les ordonnanc' de votre cœur;
Malgré votre froideur extrême,
Tôt ou tard il en faut v'nir là,
Quand on est jeune, qu'on vous aime,
Et que l'Printems se joint à c'la.

LUCAS.

Depuis six mois, belle Inhumaine,
Qu'à chaque instant j'vous poursuivons,
J'vous ons cent fois conté ma peine,
Ni plus, ni moins que j'la r'ssentions;
Et vous, d'eun' fierté sans pareille,
Vous me r'gardiez comme cela....
Mais pour vous faire ouvrir l'oreille,
Enfin l'Printems s'est trouvé là.

SUZETTE.

A la chaîne qui nous engage,
Si vous trouvez quelques appas,
Pour ajouter à votre hommage
Ne vous désappréciez pas.

Pourquoi, lorſque mon cœur ſoupire,
Ne r'marcier que la ſaiſon d'ça ;
Quand il eſt vrai qu' pour me ſéduire,
Avec l'Printems vous étiez-là ?

ALAIN.

C'eſt dans l'tems où toute la terre
Ecoute la voix du plaiſir,
Que je reçois de ma Bergere
L'aveu qui flatte mon deſir.
Mais c'te ſaiſon douce & fleurie,
Par nos amours s'prolongera ;
Car où qu'tu s'ras, ma chere Amie,
J'trouv'rons toujours le Printems là.

LA PIPE.

Quand j'aſſiſtons au mariage
D'eun jeun' couple ben amoureux,
Pour un moment j'oubli' mon âge,
Et j's'is heureux d'les voir heureux ;
Mais tôt ou tard queu trouble-fête !
La vieilleſ' me dit halte-là.
Faut-il qu' l'hiver ſoit ſur la tête,
Quand le Printems eſt encor là ?   (*Il porte
                                la main ſur ſon cœur.)

LISETTE.

Quand nous avons fait la peinture
Et de l'Automne & de l'Hiver,
Vous avez r'pouſſé la cenſure,
Ce ſouvenir nous eſt bien cher.
Si nous pouvons vous ſatisfaire,
Croyez qu' nous n'en reſt'rons pas là ;
V'là déjà qu' dans l'deſſein d'vous plaire,
Le Printems ſe joint à cela.

F I N.

De l'Imprimerie de CHARDON, rue Galande.

www.ingramcontent.com/pod-product-compliance
Ingram Content Group UK Ltd.
Pitfield, Milton Keynes, MK11 3LW, UK
UKHW021636130726
13696UKWH00005B/2224